MW01609691

Pour ma
belle Virginie

Camille

ISBN : 2-07-050542-1
© Éditions Gallimard, 1980,
pour le texte et les illustrations
© Christiane Schneider und Tabu Verlag Gmbh, München
pour le design de la couverture
1er dépôt légal : septembre 1996
Dépôt légal : janvier 2001
Numéro d'édition : 99424
Loi n° 49-956 du 16 juillet 1949
sur les publications destinées à la jeunesse
Imprimé en Italie par Editoriale Lloyd

Gallimard Jeunesse

La belle lisse poire du prince de Motordu

PEF

folio benjamin

A n'en pas douter,
le prince de Motordu
menait la belle vie.

Il habitait un chapeau magnifique
au-dessus duquel,
le dimanche,
flottaient des crapauds bleu blanc rouge
qu'on pouvait voir de loin.

Le prince de Motordu
ne s'ennuyait jamais.
Lorsque venait l'hiver,
il faisait d'extraordinaires
batailles de poules de neige.

Et le soir,
il restait bien au chaud
à jouer aux tartes avec ses coussins…

...dans la
grande salle
à danger
du chapeau.

Le prince vivait
à la campagne.
Un jour,
on le voyait mener paître
son troupeau de boutons.
Le lendemain,
on pouvait l'admirer filant
comme le vent
sur son râteau à voiles.

Et quand le dimanche arrivait,
il invitait
ses amis à déjeuner.
Le menu était
copieux :

Menu du jour

- Boulet rôti
- Purée de petit bois
- Pattes fraîches à volonté
- Suisses de grenouilles

Au dessert

- Braises du jardin
- Confiture de murs de la maison.

Un jour,
le père du prince de Motordu,
qui habitait le chapeau voisin,
dit à son fils : — Mon fils,
il est grand temps de te marier.
— Me marier ?
Et pourquoi donc,
répondit le prince,
je suis très bien tout seul
dans mon chapeau.

Sa mère essaya
de le convaincre :
— Si tu venais
à tomber salade,
lui dit-elle,
qui donc te repasserait
ton singe ?

Sans compter
qu'une épouse
pourrait te raconter
de belles lisses poires
avant de t'endormir.

Le prince se montra sensible
à ces arguments
et prit la ferme résolution
de se marier bientôt.
Il ferma donc son chapeau à clé,
rentra son troupeau de boutons
dans les tables, puis monta
dans sa toiture de course pour se mettre
en quête d'une fiancée.

Hélas, en cours de route,
un pneu de sa toiture creva.

— Quelle tuile !
ronchonna le prince,
heureusement que j'ai pensé à emporter
ma boue de secours.
Au même moment,
il aperçut une jeune flamme
qui avait l'air
de cueillir des braises des bois.

— Bonjour,
dit le prince en s'approchant d'elle,
je suis le prince de Motordu.
— Et moi,
je suis la princesse Dézécolle
et je suis institutrice
dans une école publique,
gratuite et obligatoire,
répondit l'autre.
— Fort bien, dit le prince,
et que diriez-vous d'une promenade dans
ce petit pois
qu'on voit là-bas ?

— Un petit pois ?
s'étonna la princesse,
mais on ne se promène pas
dans un petit pois !
C'est un petit bois
qu'on voit là-bas.

— Un petit bois ?
Pas du tout répondit le prince,
les petits bois, on les mange.
J'en suis d'ailleurs friand
et il m'arrive d'en manger tant
que j'en tombe salade.
J'attrape alors de vilains moutons
qui me démangent toute la nuit !

— A mon avis,
vous souffrez de mots de tête,
s'exclama la princesse Dézécolle
et je vais vous soigner
dans mon école publique,
gratuite et obligatoire.

Il n'y avait pas beaucoup d'élèves
dans l'école de la princesse
et on n'eut aucun mal
à trouver une table libre
pour le prince de Motordu,
le nouveau de la classe.
Mais, dès qu'il commença à répondre
aux questions qu'on lui posait,
le prince déclencha l'hilarité
parmi ses nouveaux camarades.

Ils n'avaient jamais entendu
quelqu'un parler ainsi !

Quant à son cahier,
il était, à chaque ligne,
plein de taches et de ratures :
on eût dit un véritable torchon.

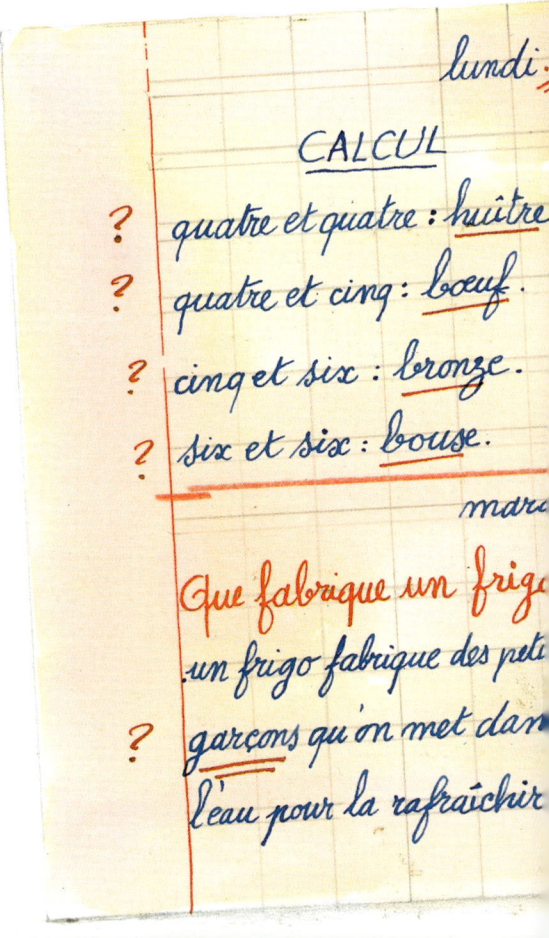

Mais la princesse Dézécolle
n'abandonna pas pour autant.
Patiemment, chaque jour,
elle essaya de lui apprendre
à parler comme tout le monde.

HISTOIRE *jeudi*

Napoléon déclara la guerre

aux puces, il envahit la

Lucie mais les puces

mirent le feu à Moscou

et l'empereur fut chassé

par les vers très froids

qu'il faisait cette année-

là, glaglagla....

je n'ai pas tout compris.

Bonne écriture D

— On ne dit pas j'habite un papillon,
mais j'habite un pavillon.

Peu à peu, le prince de Motordu,
grâce aux efforts constants
de son institutrice,
commença à faire des progrès.
Au bout de quelques semaines,
il parvint à parler normalement,
mais ses camarades le trouvaient
beaucoup moins drôle
depuis qu'il ne tordait plus les mots.

A la fin de l'année,
cependant, il obtint le prix
de camaraderie car,
comme il était riche, il achetait
chaque jour des kilos de bonbons
qu'il distribuait sans compter.

Lorsqu'il revint chez lui,
après avoir passé une année en classe,
le prince de Motordu avait complètement
oublié de se marier.

Mais quelques jours plus tard,
il reçut une lettre qui lui rafraîchit
la mémoire.

mardi 4

Cher Motordu

A présent que vous ne
souffrez plus de mots de tête
j'aimerais savoir si vous
aimeriez bien vous marier
avec moi !

Princesse Dézécolle

P.S: vous avez oublié de me rendre
votre livre de géographie.
Merci

Il s'empressa d'y répondre,
le jour même.

Et c'est ainsi que le prince de Motordu
épousa la princesse Dézécolle.
Le mariage eut lieu à l'école même
et tous les élèves furent invités.

Un soir, la princesse dit
à son mari :
— Je voudrais des enfants.

— Combien ? demanda le prince
qui était en train de passer
l'aspirateur.
— Beaucoup, répondit la princesse,
plein de petits glaçons et de petites billes.

Le prince la regarda avec étonnement,
puis il éclata de rire.

— Décidément, dit-il,
vous êtes vraiment la femme
qu'il me fallait,
madame de Motordu.
Soit, nous aurons des enfants
et en attendant qu'ils soient là,
commençons, dès maintenant,
à leur tricoter des bulles
et des josettes pour l'hiver…

COLLECTIONNEZ

DANS LA COLLECTION FOLIO BENJAMIN

La belle lisse poire du prince

de Motordu, n° 37

Le petit Motordu, n° 321

Au loup tordu !, n° 322

Motordu papa, n° 323

DANS LA COLLECTION FOLIO CADET

Dictionnaire des mots tordus, n° 192

Les belles lisses poires de France, n° 216

Le livre de nattes, n° 240

L'ivre de français, n° 246

Leçons de géoravie, 291

LES MOTORDU

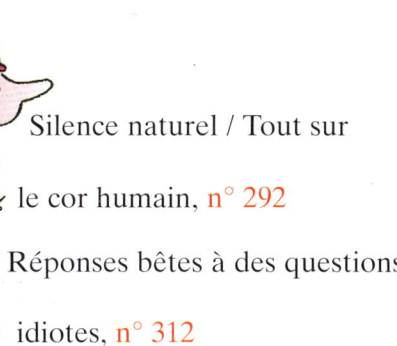

Silence naturel / Tout sur le cor humain, n° 292

Réponses bêtes à des questions idiotes, n° 312

Motordu et les petits hommes vers, n° 329

Motordu a pâle au ventre, n° 330

Motordu sur la Botte d'Azur, n° 331

Motordu et le fantôme du chapeau, n° 332

Motordu au pas, au trot, au gras dos, n° 333

Motordu est le frère Noël, n° 334

Motordu, champignon olympique, n° 335

Motordu as à la télé, n° 336

Motordu et son père hoquet, n° 337

LE JEU DES MOTS TORDUS

Pour faire partie de la cour du prince de Motordu,
il faut passer cette petite épreuve qui consiste
à deviner des mots tordus grâce à ces dessins.

(Réponses en avant-dernière page)

1 ...

2 ...

3 ...

4 ...

5 . . .

6 . . .

7 . . .

8 . . .

BIOGRAPHIE

La grand-mère de Pef, sage-femme,
mettait les bébés au monde.
La maman de Pef, institutrice,
leur enseignait l'écriture et la lecture.
Et Pef, lui, leur apprit à rire dans
les livres.
Pef, de son vrai nom **P**ierre **E**lie
Ferrier, naquit un jour de pluie,
le 20 mai 1939. Mais le soleil vint
le temps d'une minute saluer ce futur
petit **é**crivain **f**rançais, ou ce **p**élican
ému et **f**ragile, comme on voudra.
Amoureux des avions, des autos,
des déserts, des rivières, des oiseaux,
des orages, du monde et des gens
du monde entier (ça en fait, du
monde!), Pef en a mis du temps
pour trouver son vrai métier.
Il fut tour à tour journaliste,
photographe, essayeur de bolides,
et c'est à trente-huit ans et deux
enfants qu'il dédie son premier livre
de jeunesse *Moi, ma grand-mère* à la

sienne, qui se demande quand
son petit-fils sera enfin sérieux.
Apparemment jamais…
Pef, qui trouve la plupart de ses idées
dans sa propre enfance, a écrit ou
illustré plus de cent quarante livres.
Ce qui signifie peut-être que son
enfance ne s'est jamais arrêtée…
Pas du tout égoïste, il se régale avec

Le monstre poilu d'Henriette Bichonnier, réalise un dessin animé, *Les Pastagums,* avec Alain Serres, ou écrit l'opéra de *La belle lisse poire* qu'il monte entouré par deux mille cinq cents enfants des écoles de la Botte d'Azur.

Pour se reposer, Pef parcourt le monde à la recherche de glaçons et de billes de toutes les couleurs, de toutes les enfances. Chaque matin du trente-six du mois, Pef court sur les chemins de sa campagne, discute avec les alouettes, les crottes de lapin et les fossiles des Yvelines.

Comme les couleurs sont difficiles à dompter, c'est Geneviève, sa femme, ou Alexis, son fils, qui se chargent d'essuyer leurs pinceaux sur ses dessins.

Les meilleurs amis de Pef sont le vent, les nuages et trois petites étoiles qui, chaque hiver, viennent passer la nuit en sa compagnie.

RÉPONSES AU JEU

1. Une brosse à gens (une brosse à dents)

2. Une machine à laver le singe (une machine à laver le linge)

3. Une bouteille de bain (une bouteille de vin)

4. Les cinq rois de la main (les cinq doigts de la main)

5. Le canon de sauvetage (le canot de sauvetage)

6. Le coq de bateau (la coque de bateau)

7. Le pied de 10 francs (le billet de 10 francs)

8. La canne à bêche (la canne à pêche)

Si tu as aimé ce livre, voici d'autres titres
de la collection *folio benjamin* adaptés à ton âge

Janet et Allan Ahlberg Je veux une maman, 238 / Quentin la cambriole, 286

Quentin Blake Armeline Fourchedrue, 254 / Les cacatoès, 264

Tony Bradman / Tony Ross Michaël, 295

C. Diggory Shields / P. Meisel Je suis vraiment une princesse, 262

N. Gray / P. Dupasquier Un pays loin d'ici, 240

Helme Heine Un éléphant ça compte énormément, 46 / Fier de l'aile, 103 / Hans et Henriette, 292 / Prince Ours, 196

Eugène Ionesco / Etienne Delessert Conte N° 1, 80 / Conte N° 2, 81

James Joyce / Roger Blachon Le chat et le diable, 77

Alexis Lecaye / Antoon Krings Georges Gros-Dos a disparu, 282 / Où est passée Priss la poupée? 283 / Le tournevis mystérieux, 299 / La voiture de pompiers bleue, 298

Riki Levinson / Diane Goode Le regard dans les étoiles, 252

Rita Marshall / Etienne Delessert J'aime pas lire ! 278

Georgess McHargue / Michael Foreman Drôle de zoo, 2

David McKee Bernard et le monstre, 144

Clement C. Moore / Anita Lobel La magie de Noël, 255

Gerda Muller Mon arbre, 249

Arielle North Olson Joyeux Noël, 118

Hiawyn Oram / Susan Varley La fête de Benjamin Blaireau, 288

Hiawyn Oram / Tony Ross Princesse Seconde, 280/Un message pour le père Noël, 320

Diane Paterson Fais-moi un sourire, 155

Pef Aux fous les pompiers ! 284 / Cet amour de Bernard, 227 / Moi, ma grand-mère, 281 / Le petit Motordu, 321 / Au loup tordu!, 322 / La belle lisse poire du prince de Motordu, 37 / Motordu papa, 323

Jacques Prévert / Jacqueline Duhême En sortant de l'école, 114 / Le cancre, 219 Chanson des escargots qui vont…, 198 / Chanson pour les enfants l'hiver, 243 / Le gardien du phare…,180 / L'opéra de la lune, 141 / Page d'écriture, 115 / La pêche à la baleine, 245

J. Prévert / M. Gard Chanson des cireurs de souliers, 132 / Chanson pour chanter à tue-tête…, 120

Jacques Prévert / Elsa Henriquez Le dromadaire mécontent, 244

Serge Prokofiev / Erna Voigt Pierre et le loup, 68

Tony Ross Le garçon qui criait au loup, 156 / Hansel et Gretel, 222

William Steig La surprenante histoire du docteur De Soto, 259 / Amos et Boris, 293

Làszlo Varvasovszky Jérémie au pays des ombres, 60

Martin Waddell / P. Dupasquier Vers l'Ouest, 149

Jeanne Willis / Ruth Brown Le géant de la forêt, 273

J. Willis / M. Chamberlain L'histoire de Kiki Grabouille, 191

John Yeoman / Quentin Blake La révolte des lavandières, 33

M. Zemach / H. et K. Zemach La princesse et le crapaud, 253